亲爱的奥莉

Dear Olly

[英] 迈克尔·莫波格（Michael Morpurgo） 著

[英] 克里斯蒂安·伯明翰（Christian Birmingham） 绘

吕立松 译

湖南文艺出版社 HUNAN LITERATURE AND ART PUBLISHING HOUSE　小博集 BOOKY KIDS

DEAR OLLY
Text copyright © Michael Morpurgo 2000
Illustrations copyright © Christian Birmingham 2000
First published in English in Great Britain by HarperCollins *Children's Books*, a division of HarperCollins*Publishers* Ltd.
Translation © China South Booky Culture Media Co., Ltd. 2023 translated under licence from HarperCollins*Publishers* Ltd.
The author/illustrator asserts the moral right to be identified as the author/illustrator of this work.

© 中南博集天卷文化传媒有限公司。本书版权受法律保护。未经权利人许可，任何人不得以任何方式使用本书包括正文、插图、封面、版式等任何部分内容，违者将受到法律制裁。

著作权合同登记号：图字18-2022-041

图书在版编目（CIP）数据

亲爱的奥莉 ／（英）迈克尔·莫波格
（Michael Morpurgo）著 ；（英）克里斯蒂安·伯明翰
（Christian Birmingham）绘 ；吕立松译. -- 长沙：湖南文艺出版社，2023.1
　　书名原文：Dear Olly
　　ISBN 978-7-5726-0845-2

　　Ⅰ.①亲… Ⅱ.①迈… ②克… ③吕… Ⅲ.①儿童小说—长篇小说—英国—现代 Ⅳ.①I561.84

　　中国版本图书馆CIP数据核字（2022）第164927号

上架建议：儿童文学

QIN'AI DE AOLI
亲爱的奥莉

著　　者：〔英〕迈克尔·莫波格（Michael Morpurgo）
绘　　者：〔英〕克里斯蒂安·伯明翰（Christian Birmingham）
译　　者：吕立松
出 版 人：陈新文
责任编辑：吕苗莉
监　　制：小博集
策划编辑：马 瑄
特约编辑：王佳怡
营销支持：付 佳　杨 朔　付聪颖　周 然
版权支持：刘子一
装帧设计：霍雨佳
出　　版：湖南文艺出版社
　　　　　（长沙市雨花区东二环一段508号　邮编：410014）
网　　址：www.hnwy.net
印　　刷：河北鹏润印刷有限公司
经　　销：新华书店
开　　本：875 mm×1230 mm　1／32
字　　数：43千字
印　　张：3.5
版　　次：2023年1月第1版
印　　次：2023年1月第1次印刷
书　　号：ISBN 978-7-5726-0845-2
定　　价：21.80元

若有质量问题，请致电质量监督电话：010-59096394
团购电话：010-59320018

序

这已经不是我第一次为英国桂冠作家迈克尔·莫波格的作品写导读了。我认为，一位作家心中若没有爱，是不可能写出这样的作品的；我还认为，一位作家心中若没有博大的爱，是不可能写出这些作品的。这就是我对迈克尔·莫波格的评价。

我的评价不仅源于对迈克尔·莫波格作品的了解，更是因为这些作品所涉及的历史背景。这六部作品中《猫王子卡斯帕》以 1912 年在首航中沉没的泰坦尼克号为背景，《蝴蝶狮》以 1914 年至 1918 年的第一次世界大战为背景，《斗士帕科》的背景是 1936 年至 1939 年的西班牙内战，《花园里的大象》的背景是 20 世纪中期的第二次世界大战，《亲爱的奥莉》的背景是 1994 年爆发的卢旺达内战，《影子》的背景是 21 世纪初的阿富汗战争，六部作品的历史背景时间跨度长达一个世纪。

从中，我们可以清晰地看到，除《猫王子卡斯帕》外，另外五部作品均与战争有关，即便是与战争无关的《猫王子卡斯帕》也是以广为人知的海难——泰坦尼克号沉没为历史背景的。因此可以说这六部作品所讲述的故事代表了亚非欧三大洲的人们所经历的苦难。

迈克尔·莫波格非常擅长从真实的历史事件中取材，将人和动物这些个体生命的故事融入真实的历史事件中，从而大大增强了作品的历史厚度。《斗士帕科》和《花园里的大象》分别取材于西班牙内战中的绍塞迪利亚大轰炸和第二次世界大战中的德累斯顿大轰炸。在《蝴蝶狮》的前言中，我们也可以读到狮子的原型取材于第一次世界大战法国战场发生的真实故事。毫不夸张地讲，在我的阅读生涯中，到目前为止，《蝴蝶狮》是唯一一部只看前言就能让我泪流满面的作品，在前言有限的文字中，作家客观地讲述作品的创作过程，字数虽少信息量却极大，让同为作家的我深受震撼。

在这些作品中，迈克尔·莫波格以他最擅长的笔调，不预设意识形态立场，站在人道主义的高度来书写苦难中的人性，去讲述战争对个体生命摧残的故事。这些个体生命不仅包括人还包括动物，我曾在一篇文章中写过，动物是迈克尔·莫波格作品中必不可少的一分子，他擅长通过描写动物的遭遇来触动人内心中最柔软的部分。《蝴蝶狮》里的狮子白雪王子，《亲爱的奥莉》里的燕子英雄，《斗士帕科》里的小公牛帕科，《猫王子卡斯帕》里的黑猫卡斯帕，《花园里的大象》里的大象玛琳，《影子》里的嗅探犬影子，这些可爱的动物本应无忧无虑地生活，却都因战争或灾难的到来，与它们的人类朋友一样，遭受着苦难。我相信所有的读者在阅读时都会一边读一边默默地为它们祈祷。

细心的读者在阅读中，一定能体会到这六部作品是从迈克尔·莫波格所创作的约一百五十部中长篇作品中精心挑选的，它们分别代表了作家不同阶段的创作风格。《蝴蝶狮》出版于1996年，《亲爱的奥莉》出版于2000年，《斗士帕科》出版于2001年，这三部作品可以看成一个阶段；《猫王子卡斯帕》出版于2008年，《花园里的大象》出版于2010年，《影子》出版于2010年，这三部作品属于另外一个阶段。但无论哪个阶段，迈克尔·莫波格总是能够从适合儿童心理的角度来讲述故事，以人物遭遇或是名字巧合为切入点引出故事，《蝴蝶狮》中的我从寄宿学校逃跑出来后巧遇老妇人，引出当年也是从寄宿学校逃跑出来的伯蒂和他收养的小狮子的故事；《斗士帕科》里的爷爷和孙子在关于各自"说谎"的交流中带出黑色小公牛帕科的故事；《花园里的大象》中的卡尔与故事主人公莉齐的弟弟卡尔利名字相似，引起莉齐的注意及好感，由此带出了大象玛琳的故事；《影子》也是由同为棕白相间的史宾格犬多格带出驻阿富汗英军嗅探犬影子（波利）的故事。我们可以看到迈克尔·莫波格讲述故事的方式，与家长给年幼的孩子讲故事的方式完全一致，使小读者从阅读之初就产生亲近感和真实感。

六部作品除《亲爱的奥莉》外，迈克尔·莫波格均采用他惯用的内视角，即第一人称叙事，这种叙事者本身的个体性感知，能更真切地表现苦难亲历者所遭遇的内心痛苦，更容易同化读者，形成文本强大的张力，这也正是作家一贯的叙事风格。六部作品中《影子》的叙事结构相对复杂，采用了多角度叙事，分别从马特、外公、阿曼的视角讲述故事。多角度叙事要求作家具有高超的写作技巧和强大的把握故事的能力，这种叙事方式在他后期的作品里经常出现，从中我们可以看出迈克尔·莫波格没有停留在自己的创作舒适区，而是在不断地挑战自己、突破自己。

从这些作品中，我们可以看到迈克尔·莫波格对战争一贯的批判和反思态度。《花园里的大象》里的主人公德国人莉齐的父亲、母亲以及伯爵夫人，《亲爱的奥莉》里放弃学业远赴非洲卢旺达从事志愿工作的马特，他们的身上都散发着和平主义者的光芒。其他几部作品中虽然没有出现反战者，却通过战争带给主人公和动物们的苦难来批判战争。尤其是在《影子》中，我们可以发现作家具有强烈的现实动机，作家正是通过作品来表达自己对战争的批判、对现实世界的思考，因为就在今天，在世界上的一些国家和地区仍然还在上演着这样的悲剧。

然而，这并非迈克尔·莫波格这些作品真正的现实意义。当我们读到《影子》中阿富汗哈扎拉族少年阿曼对和平生活的向往、对影子的关爱以及马特一家、英军中士布罗迪对阿曼的帮助时，当我们读到《亲爱的奥莉》中被地雷炸断右腿的马特看到燕子英雄受伤的右脚后萌发出再回卢旺达从事志愿工作的想法时，我们就会发现，作家书写主人公在面对战争和苦难时所表现出的勇敢、坚强、博爱、尊重和宽容才是真正的现实意义所在。

　　最后，希望我们的读者能够从迈克尔·莫波格这套作品中汲取丰富的精神营养，从而成长为一个勇敢、坚强、博爱和宽容的人。

全国优秀儿童文学奖、2015"中国好书"获得者，
《将军胡同》作者 史雷
2022 年 7 月 22 日于北京西山

献给丹尼尔·本内特

亲爱的奥莉：

我常想把故事谱写成乐章，而非章节，就像一支交响乐一样。但为此，我得找到三个截然不同但又相互联系的主题，并且每个主题的情绪都不相同。也许是四季的情绪和节奏变化让我想到了这个故事。对我来说，燕子就是季节变换的神奇指挥家。

我偶遇了两个故事，这让我得以谱写我的故事交响乐：一个乐章在德文农场的家中，另一个在非洲——这两个主题由第三个主题（燕子从家乡飞往非洲）联系在一起。

我听过一个年轻法国人的故事，他为卢旺达战争和苦难的悲惨与恐怖所深深震撼，随即放弃一切，背井离乡，用他唯一所知的方法去帮助他人。

后来，我的一个好朋友遭遇了一场可怕的车祸。我满怀钦佩地看着他如何应对痛苦，以及痛苦给他的生活带来的变化。我记下了他的康复以及重建自我的过程。

《亲爱的奥莉》是一个关于高尚和勇气的故事，年轻的法国人、燕子和我的朋友带着这种勇气克服万难。

　　我喜欢这个故事，希望你也像我一样喜欢。

迈克尔·莫波格

2000 年 9 月

目 录

奥莉的故事

Dear
Olly

奥莉正在给她的脚指甲涂上浅蓝色带银色闪粉的指甲油。她伸直双脚，扭动着脚趾。"你觉得怎么样？"她问道。见没人回话，她只好自问自答。"太棒了，奥莉，我觉得它们太好看了。"妈妈和马特根本没有听到她说话。他们俩正聚精会神地看电视，奥莉也瞟了一眼。

那是一则非洲的新闻：坐着卡车的士兵，烟雾弥漫的城市，到处是帐篷和摇摇欲坠的小屋。一个赤身裸体的小孩孤零零地站在一个露天的排水沟旁，他的腿像棍子一样，肚子鼓鼓的，一直在不停地哭。在一家帐篷医院里，一位瘦弱的母亲坐在床上，将她的孩子紧紧地抱着靠在她干瘪的乳房上。一个和奥莉差不多大的女孩蹲在一棵树下，她的眼睛里空荡荡的，没有一丝活力，那是一双从未体会过幸福的眼睛。苍蝇成群结队地趴在她的脸上，她似乎既没有力气也没有意愿把它们赶走。奥莉被一种可怕的悲伤压得喘不过气来，她喃喃地说："这太可怕了。"

突然，马特一言不发地从沙发上站起来，夺门而出，门砰的一声关上了。

"他怎么了？"奥莉问道。显然，母亲和她一样感到惊讶和不解。

几天来，她已经觉得马特有些不对劲了。没有往日的嘻嘻哈哈，也没有小丑表演。他本该开心至极的。大约一周前，他的考试成绩出来了，全优。他可以如愿进入布里斯托的兽医学院了。奥莉的母亲欣喜若狂。她打电话邀请大家来花园参加一个烧烤庆祝会，并准备了排骨、香肠和鸡肉。跟奥莉一样，大家都很期待马特能穿上他的小丑服，开始他的派对表演。但是他并没有。整个晚上他几乎没和任何人说过一句话。

大姨妈贝瑟尔，大家都叫她"干瘦贝瑟尔"，做了一番陈述，说了好长一段话才收尾。"我只想说，干得好，马特。"她说，"我知道，如果你父亲在这里，他也会像我们一样为你感到骄傲。"

奥莉一点也不喜欢人们谈论她的父亲。大家似乎都了解他，除了她之外。一天早上，父亲在上班的路上死于车祸，对她来说，父亲只是壁炉架上照片中的那个人。她对他完全没有记忆。

干瘦贝瑟尔还没有完全说完。"现在你可以去上大学了，马特，像你父亲一样成为一名兽医，就像你妈妈现在这样。"

每个人都欢呼雀跃，拍手叫好，奥莉也和其他人一样，直到她看到马特脸上的表情。他讨厌这种时刻。马特看起来很严肃，好像游离于事外，陷入了某种沉思。奥莉很清楚，这种时刻应该让他一个人待着。但是这次很不寻常，马特怒气冲冲地走了出去，砰的一声关上了身后的门，奥莉想知道为什么，所以她跟了出去。

她知道在哪儿能找到他。整个夏天，燕子都从车库后面的窝里飞来飞去。马特在离巢不远的地方搭建了一个隐蔽得很好的藏身处，他的大部分考试复习都是在那里完成的。他在那儿一待就是几小时，观察

并时不时地拍摄这对公燕和母燕整修巢穴、孵化鸟蛋的情景。现在它们几乎一刻不停地外出捕食以喂养幼燕。燕子筑巢的时候他不喜欢别人靠得太近，甚至他还让他的母亲把车停在街上，直到小燕子飞出燕窝。

奥莉发现他就坐在那儿，下巴枕在屈起的膝盖上。"待着别动，我下来。"他说。

他们一起走进后花园。"它们已经孵出四只了。"他接着说，"我希望还有一只。"他坐在橡树下的秋千上，秋千在他身下吱吱作响。他有一阵子一言不发。然后他告诉奥莉："我已经决定了，奥莉。我不准备去上大学了。我不想成为一名兽医。"

"那妈妈呢？"奥莉说，"妈妈会怎么说？"

"这不是妈妈的人生，对不对？她希望我成为一名兽医，因为她是，爸爸也是。但我不想。她以为我愿意，他们都是这么认为的。自打我很小的时候，奥莉，我只想做一件事。"

"什么？"

"我只想让人们开
怀大笑。我想让人们
开心。这是人们最需
要的，奥莉。我真的
这么认为。我做得到。
我能让人们哈哈大笑。
这是我最擅长的。"

奥莉非常了解这一点，马特总是能让她笑出来。不管她遇到什么麻烦——学校里的不开心、和妈妈的不愉快、和朋友的小矛盾——他总能让它们消散，让她在眼泪中笑出声来。他有一整套办法：笨笨的走路方式、傻乎乎的声音、滑稽的表情，特别是滑稽的表情——他的脸就像橡胶一样灵活。他会表演哑剧和模仿，他可以在变戏法的同时讲笑话，那种奥莉喜欢但永远记不住的冷笑话。在圣诞节、派对、生日等特殊场合，他穿上黄色斑点的小丑服装、超大号的红格子裤和松垮的鞋子，在脸上涂上颜色，戴上大红鼻子和带盖子的傻乎乎的圆顶礼帽，这样他就能让所有人，甚至包括干瘦贝瑟尔在内全都笑得前仰后合——这就说明了问题，他确实很擅长让人们开心。

马特说话的时候没有看她。"我要去当小丑，奥莉，我说的是一个真正的小丑。现在我知道我要去哪里表演了。我要去燕子去的地方。我要去非洲。你看到新闻上那个脸上趴着苍蝇的女孩了吗？有成千上万像她一样的人，成千上万，我想让他们开心，至少让其中一些人开心。我要去非洲。"

　　每个人都来劝他。马特的母亲一遍又一遍地告诉他，这只会浪费良好的教育机会，他在挥霍自己的未来。奥莉说，那里离这里很远，他可能会染上疾病，

而且非洲有那么多狮子、蛇和鳄鱼，非常危险。

干瘦贝瑟尔更是毫不含糊地说出了她对他的看法。"在非洲的那些人所需要的，马特，"她说，"是食物、药品和和平，而不是笑话。你这样做非常荒谬，毫无道理。"

所有的叔叔阿姨、爷爷奶奶，都来劝他。马特坐着聆听他们每个人的劝告，然后尽可能礼貌地说，这是他的人生，他必须按照自己喜欢的方式生活。他只和自己的母亲争吵。两人总是吵得不可开交，有时候声音太大，甚至会把奥莉吵醒，她会到楼下哭着求他们别吵了。

有一天早上，当妈妈和奥莉叫他下来吃早餐的时候，发现他不见了。他把床铺好了，背包也不见了。他在床头柜上给她们分别留了一封信。奥莉的母亲坐在他的床上，打开了信封。

"他走了，奥莉，"她说，"他走了。他取出了所

有的积蓄，去了非洲。"

奥莉以前见过妈妈哭泣，但她从没像现在这样哭过。她紧紧地抓住奥莉，仿佛永远不会放手。"我很生他的气，奥莉"，她接着说道，"但我也为他感到骄傲。"奥莉根本没想到她会这样说。

奥莉坐在车库后面马特的藏身处，又把给她的信读了一遍。

亲爱的奥莉：

我得走了，我必须离开。可能我不会经常写信。你了解我的，我写不来信。所以不要期望听到太多我的消息。但我确信我会非常想念你。等我回来，我会告诉你一切。时间过得很快，很快我就会回来，别担心我。我会小心那些狮子、蛇和鳄鱼的，放心吧，我会没事的。替我照顾好妈妈，也照顾好我的燕子，确保它们在冬天来临之前安然无恙地飞走。回头见。

爱你的马特

奥莉试着按照他的要求去做，但却举步维艰。在最初的几天里，她的母亲心烦意乱。奥莉不停地重复着同样的话："他会没事的，妈妈，他会没事的，放心吧。"这是她唯一能想到的话。但是奥莉自己都不相信。夜复一夜，她辗转难眠，为自己的担忧而神伤，悲伤不减当初。没有了马特，屋子里再也没有笑声，没有欢乐。

她确实做到了不让任何东西和任何人打扰这些刚出生的燕子。

就像马特那样，她每次都要在藏身处一坐就是几个小时，看着它们，保护它们，赶走那些想来偷袭的猫。日复一日，她看着公燕母燕飞进飞出，它们俯冲飞入车库，在巢中短暂地拍打一两下翅膀，喂完幼鸟又飞走了。奥莉喜欢燕子飞回时小燕子们迸发出的兴奋的尖叫声，以及随之而来的静默。小燕子们长得很快。不久，燕巢就被一张张张大的燕嘴所占据了。

　　有一天，当奥莉爬上梯子进入藏身处时，发现小燕子们不在那儿了。它们飞走了。她看见它们在车库屋顶上排成一排正等着被喂食。现在她可以从卧室的窗户看得更清楚了。没过多久，这五只小燕子就跟其他家燕、雨燕和沙燕一样，在夏日的傍晚围着烟囱飞翔尖叫，难以分辨了。

在这段时间里，没有马特的消息，没有地址，什么都没有。奥莉的母亲已经焦躁不安到了极点。奥莉试图让她放心，说没有消息一定是好消息。她们老是猜来猜去，他大概在哪儿，他在忙什么，他是否还好。

不速之客总是不请自来。干瘦贝瑟尔几乎每隔一个晚上都会来。如果可以的话，奥莉就会逃到她的房间里躲起来，但是有时候没有办法避开她。贝瑟尔是如此嗓音嘹亮、固执和武断。"如果你问我，"当然没有人问过，"我会把这归咎于学校和老师。现在的孩子们走出学校，就认为世界是他们的。这跟以前不同了，实话实说。奥莉，当我想到你妈妈为那小子所做的一切，几乎是她一个人把他抚养长大，然后他就这样离开了，去了非洲！去做一个小丑！他想干什么？这怎么可以，这是不负责任，完全不经大脑的做法。

我就不明白，"——然后是一声痛苦的叹息——"我搞不懂现在的年轻人。"

这段时间对奥莉来说很艰难。她比以往任何时候都更想念马特。她发现自己在家比以往任何时候都更加孤独。

手术室里总是有重症病人，这意味着妈妈不得不

比平时工作更长时间。奥莉经常会去马特的房间，坐到他的床上。在那里，她感觉与他更近了，但这用处不大，有时还会适得其反。她去看她的朋友们，他们假期玩得很开心，而她却开心不起来。所以这也让她很痛苦。有时，为了让自己高兴起来，她会随叫随到地和妈妈一起出门，带上她所谓的"锦囊"——她的药包。她们去鸟类保护区修复天鹅的翅膀，去奶牛场帮助一头因臀位分娩而难产的母牛。但是一旦回到车上，话题很快就会转到马特身上，她们中的一个，或者两个人，最后总是会流下眼泪。

马特离开三周的时候，卡片寄到了，每人一张，来自卢旺达。奥莉一遍又一遍地读着她的卡片，字字入心。他的字很小，一如既往地不大好认。

亲爱的奥莉：

　　我终于到了这里。我在一家由爱尔兰修女和护士管理的孤儿院工作。克里斯蒂娜修女是老大。她六十多岁了，但你肯定看不出来。我从没见过这么努力工作的人，她从不闲着。这里有一百多个孩子，我喂他们吃饭，教他们学东西，每天晚上我都会进行小丑表演，让他们快快乐乐地上床睡觉。他们中有一些人入睡非常困难——当你想到他们所经历的一切时，你就不会对此感到诧异了。其中一个男孩——加哈迈尔从不开口说话，因为他被吓坏了。如果可以的话，我想帮他再次开口。我的窗户外能看到一座云雾缭绕的大山，他们说那里住着很多大猩猩。我还没亲眼去看。

　　　　　　　　　　　　　爱你的马特

　　另外，我的燕子会飞了吗？

奥莉的母亲收到的卡片更多地讲述了孤儿院的情况，孩子们的困境。他们中的一些人营养不良，身体虚弱，伤势严重——有些人在踩到地雷后失去了双腿。马特没有给出地址。他只是说他会再写信给她。她们把卡片放在奥莉父亲银框照片两边的壁炉架上，至少有一段时间，马特的卡片足以消除屋子里的阴霾。

奥莉迈着轻快的步伐去上学，迎接新学期。她母亲眼周焦虑的黑眼圈几乎不见了。现在她们至少可以想象马特住的地方，以及他在做什么。一天晚上，她们拿出了地图集。奥莉的母亲想起了她看过的一部关于卢旺达某座山的电影，那里住着大猩猩。她猜那一定是在维龙加山脉的某个地方，那里靠近基伍湖。现在她们大概知道他的位置了。了解这些暂时有所帮助，但是新的疑惑和焦虑又开始浮现。

"他为什么不留下他的地址？"奥莉问道，"这样我们就可以回信给他了。"

"也许他只是忘了。"她母亲回答。然而，在她们的心里，她们都清楚真正的答案。马特想要离开她们

独自一人做他正在做的事情。他已经飞离了巢穴——奥莉想，就像车库里的燕子们一样，他已经离开家，飞走了。当她伤心的时候，她甚至会因此而恨他，但此恨绝不绵长。这对她和她的母亲来说很难，但至少她们知道马特还活着，很安全，活得很好。随着时间的推移，她们逐渐习惯了马特不在身边，而且发现她们可以为他感到高兴，因为他至少在做他想做的事情。

一天下午，奥莉从学校回来，看到一只燕子从车库飞进飞出。她爬到藏身地，想近距离看看。还有一只燕子待在巢里。于是，奥莉妈妈的车子又一次流落街头了。奥莉不去上学的时候，她就会在藏身处站岗放哨。她会带上一杯茶，有时甚至在那里做作业。

一开始，只是因为她知道马特会希望她这么做。但是她越观察它们，就越对它们的生活着迷。她喜欢它们在飞行中优雅敏捷的样子，喜欢它们顽强的毅力，以及它们对幼鸟的忠诚和全心全意的奉献。她不愿意离开这些燕子，每天晚上非得经过一番纠缠哄骗、软硬兼施，她才会去吃晚饭。每次离开藏身处的时候，她都会小心翼翼地移开梯子，以防有猫在附近徘徊。如果她在附近看到一只猫，就会变成一只小猎犬，把它赶走。

这次只孵出了三只雏鸟，三只黄色的燕嘴从燕巢里探出来——奥莉心想，一开始是这样丑陋、瘦弱的鸟儿，很快又变得那么光鲜亮丽。奥莉希望这次能在那里看到它们飞翔的那一刻。每天早上上学前，她都会查看一下燕巢，下午放学后，她都会飞奔回家，爬上梯子。

九月的一个下午，奥莉正坐在那个藏身的地方，妈妈下班回来了。"它们还没飞走吗？"她在车库外面问道，"它们最好快点，它们得尽快往南飞了，下周就是十月了。你告诉它们一下，然后进来喝茶。"

奥莉和它们又待了一会儿，她希望它们飞起来，然后她跟它们交代了一番："你们还要赶很长的路，听到了吗？非洲。它在数千英里[1]之外，马特就在那里。你们不能光坐在那儿等着喂吃的，你们得行动起来了。"

1. 英里：英美制长度单位。1英里＝1.609千米。——编者注（除特别说明外，本书脚注均为编者注。）

她走的时候，小燕子们回头盯着她，眼睛瞪得圆圆的，不停地眨巴着。她跑进屋里，一口气喝完茶，拿起一个黏糊糊的小面包和一包薯片，几分钟后又跑出来了。其中的两只燕子已经飞出来了，停在车库屋顶上，并排站在一起讨吃的。她看了一眼燕巢，最后那只随时都会飞起来。她决心不再错过这一刻，她等待着，观察着。小燕子待在燕巢的边缘，跳来跳去，扇动着翅膀，但它并没有腾空飞起来，它不肯飞。不管奥莉多么焦急，它就是不飞。

　　过了一会儿，妈妈又来叫奥莉吃晚饭了。她嘟嘟囔囔，但这不管用。她的母亲态度坚决。她让她在厨房里坐下来，正儿八经吃了一顿饭。当奥莉跑回车库的时候，一只黑色的大猫从她身边飞驰而过。她把梯子忘在了那里，鸟巢已经完全毁了，散落在地上，最后的那只幼燕已经不见踪影。她好不容易才找到了它，它的翅膀伸展开，一动不动静静地躺在车库最黑的角落里的一个喷壶后面。奥莉把它抱在手上，冲进了屋里。

厨房立刻变成了急救病房，她的母亲在灯光下娴熟冷静地给它做检查。奥莉站在水槽边，悲伤悔恨地哭泣。

"嗯，它的翅膀没有断，出血也很少，"过了一会儿，妈妈说，"我想它只是受到了惊吓，受

了点伤。但说实话，奥莉，它的情况不是太好。我会给它几滴葡萄糖，让它恢复体力，我们能做的就是找个地方让它保暖，希望它能康复。"

葡萄糖似乎没有起任何作用。她们把它放在靠近炉子的一个纸箱里，奥莉坐在旁边看着它。它只有眼睛在动。有时候，它好像在直直地望着她，他们四目相对。奥莉整个晚上都坐在盒子旁边，和它在一起，不停地祈愿。她打算整夜不睡，但她的妈妈不允许。

"担心是没用的，奥莉，我们已经尽力了，你明天还要上学。"然后妈妈带她去睡觉了。

由于睡不着，奥莉在寂静的夜晚蹑手蹑脚地下了楼。燕子一动不动。她把手伸过去，用手背抚摸着它的头。"加油。"她低声说，"活下去。一定要活下去。"一小时后，妈妈发现她躺在箱子旁边睡着了，于是把她抱回床上，她沉沉地睡了一晚上。

奥莉突然被惊醒了。"奥莉！奥莉！快来！"奥莉三步并作两步跑下楼梯。妈妈站在炉子旁边，手里抱着燕子，放声大笑。"是不是不可思议？"她大声喊道，"它正急着要飞呢，我能感觉到它的力量。你知道我们要做什么，奥莉？在放它走之前，我们会给它戴上一枚脚环。一会儿就好，不会伤害它的。等它

　　明年回来，我们就知道它是谁了，对不对？你去看一下我的锦囊，里面有一包脚环是我为鸟类保护区准备的，它一定就在锦囊里的某个地方。"

　　奥莉在袋子里东翻西找，终于找到了她要找的东西。脚环很快就戴好了——是一枚鲜红的脚环。

　　两只雏燕依然停在车库屋顶上，不出奥莉所料，它们的父母在头顶上飞来飞去。奥莉取来梯子，紧紧扶住，妈妈小心翼翼地爬上去，一只手扶着梯子，另

一只手抓着燕子。她爬到上面，伸出手，把它放在屋梁上。两只受惊的大燕子一直在骚扰她。这只获救的幼燕拍打着翅膀，伸了个懒腰，然后立刻跟它的两个兄弟姐妹站到一起去了。

"一个真正的小英雄。"奥莉的妈妈从梯子上走下来时说。

"它就是实打实的小英雄。"她们一边往后站一边啧啧称赞。"英雄。英雄。那我们叫它英雄好了，"奥莉说，"这个名字对它来说再恰当不过了。"

最后当一只大燕子飞下来喂它的时候，奥莉和她的母亲胜利地拥抱在一起。几分钟后，它飞起来了，飞过车道，安全地降落在樱桃树上，她们一路为它欢呼。

英雄在附近待了几周。奥莉热切地注视着它，它学会了燕子的所有特技：俯冲、猛扑、轻掠、盘旋、扭转、滑翔和翱翔。通过双筒望远镜，奥莉有时还能在电话线上排成一排的几十只燕子中看到她的红环燕子。她常常以为自己看见它了——一只落单的小燕子——在她教室的窗外，俯冲而下在操场上的水坑里喝水，或者停在学校门口的墙上。她希望那就是它，但是她离得太远了，无法确定，虽然她知道那很可能并不是英雄。

一天下午，在放学回家的路上，她发现电话线上的燕子不见了。再也没有燕子掠过板球场，也没有燕子围着烟囱相互追逐，它们不见了。英雄离开了。这让奥莉感到十分空虚和孤独。

"它会回来的。你知道，它们大多数都会回来的。"那天晚上，妈妈进来跟奥莉道晚安的时候这样说。

"真的吗？你真的这么认为吗？"

"我们明年春天四月再去找它。为它祈祷吧。"

"它会去马特所在的地方，对吧？去非洲。"奥莉说，"也许他们会碰面，谁知道呢。"

"你知道我的愿望是什么吗？"她的母亲坐在她旁边说，"我希望我是一只燕子，就像英雄一样。我会飞遍整个非洲，直到找到马特。"奥莉说："我会和你一起去。"

英雄的故事

....

Dear
Olly

英雄加入了其他燕子的行列，它们成群结队地来到附近的一个湖边，它一连几天都在那儿觅食，在水面上捕食蠓虫和蚊子。它和它的家人在这里很安全，这里有成千上万只各种各样的燕子，同时它的力量也在不断增强。黄昏时分，它们聚集在湖边的树上和芦苇丛中栖息。栖息地的每个夜晚都充满了跃跃欲试的气氛，燕子们进入安静睡眠的时间越来越晚。

一天清晨，一只燕隼在湖面上空高高地滑翔而过。燕子们听到了杀手的叫声，吓得四散奔逃。这只

燕隼从天而降，
比英雄见过的任
何鸟都要快。燕隼
掠过的时候，英雄感
觉到了扑面而来的风，
它立刻躲向一边。但燕隼
并不是冲它来的，而是冲着
另外一只小燕子，它比英雄飞
得更慢，更不利索——对这只燕
子来说，它无处可逃了。

　　同一天早上，燕群不约而同地飞起来

了，在湖面上空盘旋而过，就像一朵窃窃私语的云，所过之处遮天蔽日。它们面向南方，朝着大海飞去，希望它们之前遇见的是旅途中的最后一只燕隼。但其实燕隼离它们并不太远，因为它也要飞往非洲。它会和它们一路同行，只要它想，它就会把最小的、最慢的、最弱的燕子干掉。它以前就是这么做的。

在法国海岸上空，燕隼又一次发动了袭击。英雄和大家一样很清楚，它们必须在一起，紧密团结，永远不要掉队。它们飞得很高，在那里它们可以看清危险，飞得更轻松，可以飘在温暖的空气上方。但是它们不得不下来喝水、觅食，这时候燕隼就会冷不丁扑上来。它会凭空突然出现在它们中间，翅膀像镰刀一样划过空气，跟在它们后面，追逐它们。它从容不迫，一旦选中了猎物，那么结果就只有一个。任何花哨的特技飞行都骗不过它。它只是简单地跟踪、靠近，然后一击致命。它是个不知疲倦、毫无怜悯的冷血杀手。当它完成捕杀之后，燕子们会产生一种奇怪的解脱感——幸存者们知道它们安全了，至少暂时如此。

它们继续飞行，越过葡萄园，翻过群山。

它们到达西班牙上空时已是傍晚，空气中弥漫着暴风雨即将来临的气息。燕子们试图飞到乌云上方，但暴风雨突然袭来，让它们无处可逃。它们在暴风雨中挤作一团，拼命地寻求彼此的庇护，但它们立刻就被一阵旋风吹散了，这阵旋风在黑压压的空中抽打着它们。英雄发现自己落单了，四周电闪雷鸣。在雨水和冰雹的冲击下，英雄向地面俯冲，因为恐惧，它飞得比以往任何时候都要快。暴风雨仍然缠绕在它周围，它依然看不到地面。然后，下面突然亮起了一道光，让它燃起了一丝逃脱的希望。可这时英雄发现它湿透的翅膀拍不动了，它像一块石头一样向下坠落，朝着光明的方向坠落。它只能张开翅膀，希望可以再次飞起来。当翅膀终于再次拍动起来的时候，它发现自己飘浮在一片亮光中，那是一道耀眼的光，充满了

嘈杂的声音。但是英雄并不害怕，它脱离了风暴，这才是最重要的。

那是个足球场。它找到了一处方便的栖息地，停在了球门柱的横梁上，甩着翅膀上的水。它要在这儿休息一会儿。

守门员抬头看着它笑了起来。他说："你好，朋友，你想待多久就可以待多久。我会尽力让你不受打扰，但我没法儿打包票。"

英雄知道它不能休息太久，因为燕群会越飞越远，这样就更难找到它们了。它得动身，即刻就得走。它整理了一下羽毛，抖抖身子准备出发。就在这时，电视摄像机找到并对准了它。它站在那儿——大屏幕上出现一只巨大的燕子。它起飞的时候，两万个声音为它欢呼，它飞出了灯光，进入远处的黑暗之中。

即使在黑夜里，没有其他燕子的引导，英雄也能感知到它要去的方向，那里一定是南方。但它不知道它的朋友们在哪里，有多远，也不知道它们会飞多高。英雄听到风暴仍在头顶隆隆作响。它飞得很低，又低又快，只希望天一亮就能找到它们。正是因为害怕失去它们，害怕被完全抛在后面，它的翅膀才获得了新的力量。

英雄飞了整整一夜，但是当太阳升起来温暖它的后背时，它发现它依然孑然一身。它一边飞一边觅食，它吃得不赖，苍蝇又大又多。水源也并不难

　　找，只要它想，就能喝到水。就在它为了喝口水而掠过一片静谧的山间湖泊时，它突然感觉到一个冰冷的阴影从它身上掠过。它看到了下面水里的倒影。是燕隼！它惊恐地尖叫起来，疯狂地提升飞行高度，加快速度，扭动身子以避开从上方伸出来抓它的爪子。一只爪子从它背上扯下了一根羽毛，但没碰到它身上的肉。英雄往上飞，向着太阳飞去。然而燕隼紧随其后，它的翅膀拍打得强硬而有力。

　　现在，英雄唯一的机会就在于它的敏捷，以及在飞行中欺骗敌人的能力。单论速度，燕隼会比它更胜一筹。它佯攻、穿梭、躲避——但燕隼始终寸步不

离，跟在它身后，等待恰当的时机。一小时接着一小时，它们追逐着越过干旱的高原，繁茂的河谷，在山顶村庄和城镇的屋顶、烟囱及天线之间穿梭。

英雄越来越感到体力不支。山谷下面有一片森林，它看到了最后的机会。燕隼依然紧追不舍，它俯冲下去一头扎进软木树的阴影里。它掠过树枝，穿过斑驳的光影，探寻森林最黑暗的深处。它回头看了一眼，又瞥了一眼。燕隼不见了踪影。为了确保万无一失，它加快了速度。它的眼睛扫视着周围的森林。燕隼并没有跟着它，显然已经跟丢了。它终于安全了。停下来后，它的心脏跳得厉害，在那栖息的间隙，它时刻警惕着那个让它胆战心惊的短尾剪影，那个它再也不想听到的杀手的啾啾尖叫声。

英雄等待了很长一段时间。它得走了，总得冒这个险。它从黑暗的森林深处起身，像箭一样笔直地向南飞去，高高地飞过阳光照射下的山脉。

突然燕隼像一道闪电般从天而降，只差毫厘便抓到了它。燕隼靠得如此近，英雄甚至可以看到它眼中闪烁的黑色光芒。光秃秃的山峰一直延伸到地平线——那里没有任何藏身之处。英雄俯冲而下，死亡阴影紧随其后。它尖叫着，尽力躲开那可能将它的生命撕碎的残忍利爪。

一声枪响炸开了它周围的空气。英雄看到燕隼在飞行中摇摇晃晃、踉踉跄跄地冲向地面，之后掉到地面弹了两下，然后就不动了。猎人们带着他们的狗从山上跑过来。

英雄能感觉到前方海面的风，以及远处沙漠的热

　　浪在召唤着它。它很快飞过了这片海。

　　在摩洛哥的一家白色大理石酒店旁边的一个游泳池，它喝了口水。孩子们在那儿玩耍，每当它俯冲下来，蘸了一口他们身边蓝色的水时，他们都会开心地大笑。但是孩子们刚一进屋，它刚一觉得喝够了水，补充了能量，就启程穿越沙漠。它飞过月亮，飞过群星，贴着沙漠低低地飞。

　　一轮巨大的红色太阳从沙漠上升起，驱散了夜晚的寒意。没有水，孤独依旧。英雄一边飞，一边一遍又一遍地呼唤着它的朋友们：叽叽、喊喊、啾啾。可是根本听不到回响，也看不见它们的踪迹。过了一整天，一整夜，又一整天，英雄飞翔着、滑翔着，尽可能地在热气流上休息，因为它感到自己的体力正在迅速下降。没有水，它撑不了多久。

突然一阵沙漠的热风打在它身上，让它越飞越慢。它看到了远处翻滚的沙尘暴，听到了可怕的咆哮。卷入其中将必死无疑，它得飞过去。它用尽最后的力气向天空飞去。尽管英雄竭尽全力，它还是没躲掉沙尘暴边缘风力的刺痛鞭笞，但至少想要它命的沙尘暴已经从它脚下穿过去了。

英雄现在只能滑翔，因为它的翅膀已无力做其他动作了。

它已经筋疲力尽了。最后那一次孤注一掷的努力，彻底耗尽了它的体力。它尽可能地飘浮在空中，拼命地呼唤着同伴：叽叽、喊喊、啾啾。突然，整个沙漠似乎都在回应它。它又喊了一声，下方的热雾里传来了欢迎的欢呼声。烟雾变暗了，变成了树——它脚下的沙丘中间，是一片棕榈树的绿洲，每一棵树上都栖息着燕子，它们都在用歌声发出问候。

英雄飞下去加入它们。成千上万只家燕和雨燕都在那儿。英雄停在了它最渴望的地方——水源边上。一头骆驼走到它旁边喝水，它一点也不在乎。骆驼和燕子一块喝水，它们全都沉醉于水的清凉舒缓之中。

英雄喝完水后，又给自己洗了个澡，一遍又一遍地泡在水里，然后把自己的羽毛梳理得干干净净。那天晚上，它还吃了一顿苍蝇大餐，然后便在树上安顿下来，和它的家

人在一起。图阿雷格人篝火的烟雾弥漫在它们周围。

清晨，图阿雷格人的孩子们在帐篷周围玩耍，英雄飞下去看——它喜欢靠近孩子们。骆驼在附近咀嚼着、喘息着、咕哝着，英雄风卷残云般把盘旋在它们头顶的一只只苍蝇吃掉。当图阿雷格人跪在地上晨祷时，他们听到绿洲里传来了离别的呼唤，然后是成千上万震颤的翅膀发出的嗡嗡声，所有家燕、沙燕和雨燕，齐刷刷地从树林中飞起来，向南飞去，穿越沙漠。

过了一天，又过了一晚，它们飞越了沙漠。它们下方首先映入眼帘的是

灌木丛和零星的村庄，
然后是非洲广阔的草
原、水坑、河流和大
湖泊。在这里，它们
可以一边飞，一边吃东
西、喝水。这里的一切
都是那么丰盛。大群游荡
的角马在下面的平原上浩浩荡荡行进，像树一样高的
长颈鹿，跳跃的黑斑羚，熟睡的狮子，吃草、打滚、
嘶鸣的大象，还有发出新声的刚出生的鸟儿。

　　这时，在下面的树丛里，英雄听到了一阵激动的
声音和突然的一声尖叫。几只燕子从鸟群中飞出来，
慢慢飞下去想一看究竟，英雄也跟着它们一起去了。
它看见一只孤独的狒狒蹲在岩石上，一群斑马慌不择
路，发出凄厉的嘶鸣声，四周还有咿咿呀呀的喊叫声
和刺耳的尖叫声。英雄着迷地飞行着，它被这一切迷

住了，甚至没注意到自己落单了。它俯冲穿过树林的树冠，朝着那些声音，朝着那些尖叫声飞去。

那是一张巨大的捕鹦鹉网，横跨过一整片空地，绑在两棵树上。英雄直到撞上这张网才发现它。它奋力挣脱，但是它的脚和翅膀很快就被缠住了。它越是拍打，挣扎得越厉害，就被缠得越紧。它在痛苦和恐惧中大叫：叽叽、喊喊、啾啾、喳喳。它的头上和脚下，像它一样绝望地挂在网里的是几只灰色的小鹦鹉和一只颜色鲜艳、叫声比其他所有鹦鹉都要响亮的大鹦鹉。猎人们拉下网，把想留下的鹦鹉挑出来，塞进他们的袋子里。英雄被猎人抓住了，经过一番拉扯，它被从网子里拉出来，然后像垃圾一样被扔到一边。

它完全动弹不得。在距离它几米远的地方，一枚红色的脚环躺在高高的草丛里。那是它在挣扎中掉落的。当猎人们收工后，英雄渐渐失去了知觉。等它醒来的时候，周围依然寂静无声。它的一只脚疼得厉

害，但好在它可以借助翅膀用另一只脚跳着走。就在
这时，它看到了一条眼镜蛇，正做出怒发冲冠的样
子，打算从上方发动袭击。英雄疯狂地拍打着翅膀，
半跳半飞。眼镜蛇的第一次袭击落空了。等到眼镜蛇

发起第二次袭击的时候，英雄已经飞到了空中，脱离
了危险。它发现自己的身体不太听使唤，但它还是设
法飞过树林，飞向开阔的天空。一到那里，它就大声
呼救，呼唤同伴。但是空旷的天空中只有它一个，它
完全迷失了方向。它不知道自己在哪儿，也不知道该
往哪儿走。

一股强大的动力驱使
它尽可能地坚持下去。许
多天里，它一直在往前飞，
越飞越深入非洲的心脏地
带，同时它也越来越频繁
地停下脚步，让自己受伤

的脚得到休息。落脚对它来说很困难，它只能靠一只脚站着。它被弄伤的爪子松松垮垮，毫无力气。但它能喝水，会觅食，还能飞。

一天清晨，当英雄飞过郁郁葱葱的山坡，掠过树梢时，发现自己突然迷失在一片迷蒙的雾中。它降低高度，经过多次徒劳的尝试，终于降落在丛林的茂密树叶中。树下有一条可以喝水的小溪，还有各种它想吃的昆虫。它观察了一会儿，直到确信一切安全，才准备落到小溪边喝水。降落途中，它突然听到附近传来雷鸣般的敲击声，然后是灌木丛中的巨大撞击声。英雄惊慌地飞了起来，停下来看是怎么回事。

原来是一只巨大的银背大猩猩过来喝水，它的整个家族都跟在后面。喝完水，它们就在

英雄下方坐下来梳理毛发，发出满足的哼哼唧唧声，最后挤在一块睡着了，除了那只银背大猩猩。它走到了不远处独自坐下来。英雄对着它叫了一声：叽叽、喊喊。银背大猩猩懒洋洋地抬起头，用它那双棕色的大眼睛打量了英雄一会儿，然后睡着了。

当天晚些时候，太阳掀开了山腰上的薄雾，英雄飞过了山头。远处是一座宽阔的山谷和一片漆黑的湖泊。篝火的烟雾星星点点从谷底升到空中。它飞得更低了。是人，成千上万的人生活在一个由摇摇欲坠的棚屋和帐篷组成的城市里，这是一个难民城市，从山脚蔓延到湖边，跨越整个山谷。这块地方充满了悲哀，它是人类苦难的荒原，回荡着饥饿和疾病、失落和悲伤的号叫。

英雄飞过湖面去觅食，过程很轻松，因为时近傍晚，苍蝇都飞落下来了。它低头喝水的时候，听到远处传来非常熟悉的声音，那是孩子们的声音。当英雄

离开湖边时，它看到下方有一个由低矮建筑组成的长长的院子，孩子们在里面开怀大笑。他们齐刷刷地坐在地上，看着一个小丑。小丑戴着破旧的圆顶礼帽，穿着一条红色格子裤、一件黄色斑点夹克和一双软皮鞋。他一边玩着杂耍，一边似乎又要被自己绊倒，摇摇晃晃，好几次他的球都差点要掉下来了，但总是差那么一点。孩子们高兴地欢呼着。

英雄停在院子的墙上，看着眼前的一切。球越扔越高，越扔越高，然后，小丑像变戏法一样让球一个个消失了，直到只剩下最后一个。他把这个球塞进嘴里，吞了下去，咂巴着嘴唇，高兴地揉了揉肚子。孩子们欢呼着，大笑着，直到他让大家安静下来。接着他蹲下来，开始给他们讲故事。这时，另一只燕子也飞下来停在英雄身边，接着一只又一只，最后整面墙上全都是燕子。英雄知道在那一刻它已经飞到了它能飞到的最远的地方。在这里，它已经拥有了它想要的一切。它已经到了目的地。

小丑讲完了他的故事，孩子们个个惊奇地张大嘴巴。他举起那顶破旧的帽子向他们鞠了一躬，孩子们鼓掌并要求他再讲一个。就在这时，小丑抬起头来，注意到了那些燕子。"看！"他喊道，指着英雄，"看，孩子们！燕子。你们看到墙上那些鸟了吗？它们是燕子。"

　　两百个头转了过来。"孩子们，它们已经走了很长的路了。"小丑继续说道，"它们中的一些可能是从英国——我的祖国远道而来，千里迢迢来看你们。这很了不起，真的很了不起，对不对？"

马特的故事

Dear Olly

那天晚上，山上雷声滚滚，孩子们坐卧不安。他们很难安静下来。马特穿着小丑服很热，但他并不介意。当他跟孩子们讲《苏丹和小公鸡》的故事时，院子里充满了笑声，他们特别喜欢这个故事，这才是最重要的。那天早上新来的女孩——马特不记得她的名字了——盘腿坐在他的脚边上，对着他笑。她有一口参差不齐的牙齿，马特记得奥莉就是这样，还有那些关于牙仙子的故事。家似乎在一百万英里之外，在另一个星球上。但墙上的燕子告诉他这一切并非那么遥远。

晚上是马特真正进入状态的时候。白天他在孤儿院里忙得不可开交，和克里斯蒂娜修女、十几个护士及修女一起工作，到处帮忙，下厨房，在宿舍和医院打扫卫生，有时还要在院子里的树下教书。

在刚到的几个月里，马特就成了一个了不起的修理工、大家的得力助手。正如克里斯蒂娜修女曾经开玩笑跟他说的："马特，你知晓生命中一切真正重要的奥秘：发电机、路虎引擎、电线、管道和排水系统。"马特成为这个地方大家都离不开的人。他从来没有这么开心过。有生以来第一次在每天结束时，他都感到称心如意。从黎明到黄昏，他都努力工

作，热爱在这里的每分每秒。但是黄昏才是最好的时刻。克里斯蒂娜修女称之为"马特的欢乐时光"，也是孩子们的"喜剧人时间"。

就这样，在孩子们回宿舍睡觉之前，院子里有一小时的滑稽小丑表演、玩笑、玩杂耍和讲故事时间。让二百个孩子入睡可不轻松，正如马特每天所看到的那样，这些孩子都经历了难以想象的恐怖和惊吓，夜晚的到来似乎是他们的记忆重新萦绕脑海的时刻，也是他们最想念父母的时候。

对于克里斯蒂娜修女，以及在孤儿院工作的所有人来说，"马特的欢乐时光"已经成为他们一天中唯一可以期待的时间，没有人愿意错过它。他们大笑，为孩子们如此开心，眼睛如此明

亮而感到高兴，或者因为马特以某种方式触动了他们每个人心中的童真。日复一日，他们都在和身心受到伤害的孩子们打交道，有时他们很难保持饱满的精神状态。对他们来说，"马特的欢乐时光"是来自天堂的甘露，是一天结束时幸福快乐的天堂。他们因此很喜欢他，孩子们也是如此，对马特来说，这份爱的温暖意味着一切。

故事结束后，孩子们慢慢地穿过院子，回到自己的宿舍。马特背上背着一个，还有好几个孩子紧紧扒着他的手、胳膊、宽松的红色格子裤，几乎是他们能抓住的任何东西。他把孩

子们安顿在床上，拥抱那些需要拥抱的孩子，低声道晚安，安抚他们的恐惧。不出所料，那天晚上花的时间比平时要长，因为空气又闷又潮湿。但这并不是唯一的原因。那天下午，他们听到了一声爆炸。克里斯蒂娜修女告诉他，可能是不远处的一颗地雷，距离很近，足以让孤儿院里的人感到心惊胆战。所有的孩子都很清楚这种声音意味着什么，这种爆炸会对人体造成多么可怕的伤害。

马特终于来到加哈迈尔的床前。他坐起来，像往常一样等着马特。加哈迈尔抓住他的手，把他拉到身边。他摘下破旧的圆顶礼帽，自己戴上，模仿马特悲伤的表情，然后大笑起来。

加哈迈尔的转变很大，令人惊叹。两个月前，他只会坐在那里，呆呆地看着马特在院子里嬉戏玩耍。他整天独自坐着，来回摇晃，不和任何人说一句话。有一天，当马特躺在路虎车下换机油时，感觉到有人

在他身边蹲下。是加哈迈尔。马特伸出手，用一只油乎乎的手摸了摸他的鼻子，加哈迈尔的脸上露出了笑容。"喜剧人。"他说，他待在那儿继续看着他。

从那以后，加哈迈尔就一直缠着马特，晚上不跟他说晚安，他就不睡。马特开发了一整套流程。

"我们再来演大猩猩，好吗？"马特说。加哈迈尔点点头，满怀期待。

马特接着说："你知道它们住在哪儿，对吧？在那座山上。它们现在就在山上，和你一样睡觉去了。总有一天我们会上去看看它们的，好吗？大猩猩是怎么说晚安的？"

加哈迈尔拍打着自己的胸膛，两个人互相做了一个大猩猩的鬼脸，咯咯地笑开了。

"大猩猩是怎么抓痒痒的？"加哈迈尔在床上翻滚着，喘息着，嘟哝着，一边抓痒痒。

"大猩猩是怎么挖鼻子的？"加哈迈尔把手指塞进鼻子里，厌恶地皱起了脸。

"大猩猩是怎么睡觉的？"加哈迈尔立刻蜷缩起来，闭上了眼睛。

"晚安，晚安，大猩猩。"马特说着起身准备离开，但是加哈迈尔仍然紧紧地抓着他的手，不让他走。

"怎么了？"马特问。

"我的家。我的家在一座大山旁边，一座大山。"加哈迈尔说，"我去山上找我的妈妈。"

"当然，加哈迈尔。现在睡觉吧。"

马特那天晚上平白无故地感到心神不宁。他思前想后，思绪漫无边际。他又想起了院墙上的燕子，想起了家里车库里的燕巢，想起了奥莉，还有他的妈妈。他应该多写点东西，她们会担心的。他明天要写一张卡片。他想到了加哈迈尔，不知道他的妈妈有没有可能还活着。据大家目前所知，他的父母都不在了。幸福的重聚确实发生过，虽然不常见，但并非没有。他在满怀希望的微笑中睡着了。

吃早餐的时候，人们发现加哈迈尔不见了。当其他人在院子里搜寻的时候，马特径直走到路虎车边，上车出门了。克里斯蒂娜修女在他身后喊道："马特！你干什么？你要去哪里？"

"去山上。他上山去了。我会找到他的。"他大声喊着冲出大门，在别人阻止他之前，他就沿着尘土飞扬的小路开走了。马特非常有把握。加哈迈尔不是告诉过他，要去找自己的母亲吗？而他像个白痴一样，认为这只不过是一厢情愿的想法。他选择了最直接的上山路线，他认为加哈迈尔一定是走的这条路。他穿过马路，沿着陡峭的坑坑洼洼的小路上山。在这儿，他停下路虎，关掉引擎，大声叫喊。没有回应，只有他自己的回声消失在周围的树林里。在他面前，小路

两旁的山陡峭地耸立
着，一路上都是茂密的
树木。他看不到山顶，因为
整个山脉都笼罩在一层薄雾
之中。马特慢慢地开着车，眼
睛睁得大大的，时不时地停下来
呼唤着，看是否有回应。"是我，加哈
迈尔。喜剧人。你在吗？你在那儿吗？"

　　他一直开了一个多小时，时不时地停下来呼
唤加哈迈尔，然后再次出发。但是依然没有回应。
后来，他的眼角余光突然扫到一阵晃动。马特停下路
虎，首先看到一张模糊的脸，然后是眼睛，树丛中露
出两个大大的白色眼球。他找到他了。他关掉车子，
加哈迈尔正蜷缩在灌木丛中，来回摇晃，咕哝着，他
的脸被泪水打湿了。马特慢慢靠近他，边走边说：
"没事的，加哈迈尔，是我。喜剧人。"

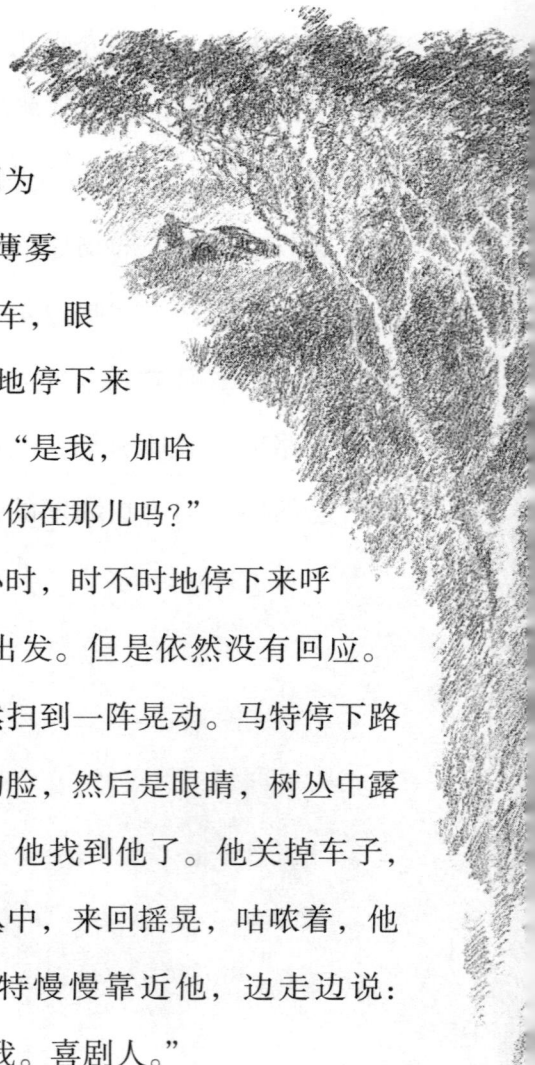

加哈迈尔抬头看着他。"那些人，他们来到我们的村庄。他们烧杀抢掠。我妈妈把我藏在祭坛下面。然后她就走了——"

然而马特还没来得及听到加哈迈尔接下来说的话，地雷就在他脚下爆炸了。

过了一小会儿，马特清醒过来。他的头疼得嗡嗡响。他想坐起来，但却无能为力。

加哈迈尔的脸似乎在他上方的

树林中来回游荡。马特不知道加哈迈尔是在哀号还是在呻吟。他不知道自己为什么躺在这里。

"我最好站起来。"马特说。但是加哈迈尔用力按住他的肩膀。"你别动，喜剧人，别动。"马特试图反抗，但他似乎毫无力气。他感觉自己被卷入了一片浑浊的黑暗中，不知道自己还能不能醒过来。

他再次醒来已经是几小时后了，他发现自己躺在路虎车里。他熟悉它的气味，它的声音。他没觉得痛，只是感到迷惑不解。他周围只有一片模糊的面孔和声音。克里斯蒂娜修女在和他说话，她的声音听起来是那么遥远。

"马特。马特。你会没事的。"加哈迈尔在他身边，握着他的手。克里斯蒂娜修女说："我们马上送你去医院。那是法国医院。不远了。"

加哈迈尔的表情告诉马特事情很严重。他有些惊慌失措，挣扎着想站起来看看自己能做些什么，但

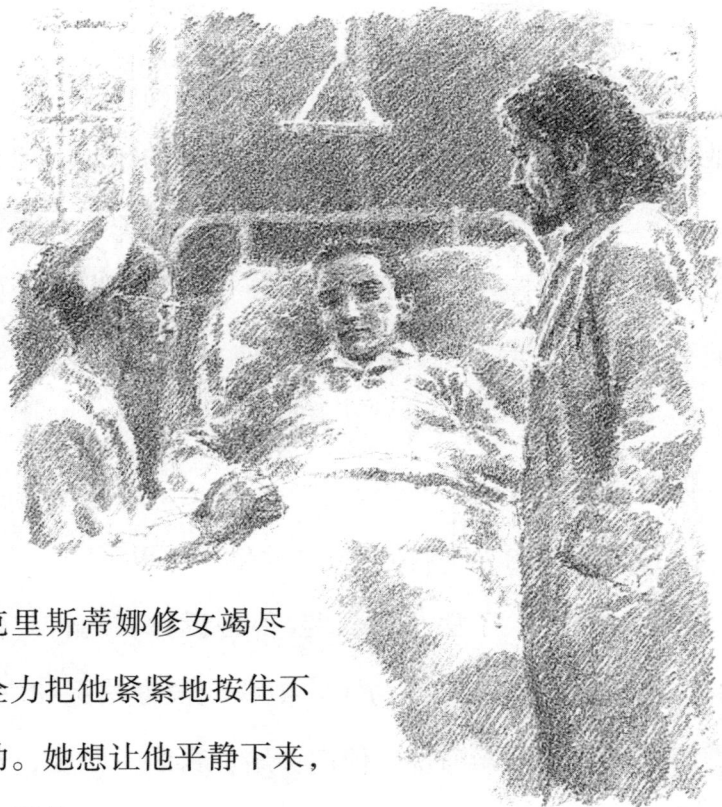

克里斯蒂娜修女竭尽
全力把他紧紧地按住不
动。她想让他平静下来，
宽慰他。

当他醒来的时候，他感到腿上隐隐作痛。他身上
盖着一张白色的床单，一位护士守在他的床边。

"你好，马特，"她说，口音很重，"我去给你叫医生。"

马特头晕目眩，他感觉自己又要渐渐睡着了。当他再次睁开眼睛的时候，医生正站在他的床边。他有一头黑色的长发，留着小胡子。马特觉得他看起来像个海盗。护士握住了他的手，马特想了解情况。医生的英语说得几近完美，但他似乎有些局促不安。"手术做得很顺利。那句话怎么说来着？强壮如牛？十天后你就能起床活动了。"

"我怎么了？"马特问道，"发生什么事了？"

"一颗地雷，"医生说，"我得告诉你，马特。你的右腿……我们已经尽力了，但我们没办法保住它。事情还不算太糟，马特。他们会给你再装一条腿，也许不像以前那么好用，但是你可以到处走动，做你想做的事，过充实的生活。只是需要点时间适应。"

"但我可以扭动我的脚趾，"马特说，"我能感觉到它们。"

医生蹲了下来说："我知道你可以，但这不是真的，这是你的想象。我很抱歉，马特。"

"我的另一条腿呢？"马特问道，"我的另一条腿还好吗？"

"很好，"医生说，"其他地方都没事。你的头被撞了一下，留下了一只漂亮的熊猫眼，就这些了。"

他们给他注射了吗啡来减轻疼痛。一连几天，马特都时睡时醒，即使醒的时候，他也总是昏昏沉沉的。他发现自己什么都记不清楚了。有时候，当克里斯蒂娜修女带着加哈迈尔来看他时，他会清醒过来。如果他醒着，他们就会一起打打牌，聊会儿天，或者加哈迈尔会要他讲一个故事，耍个小把戏，扮个鬼脸，然后大家一起哈哈大笑。笑的感觉真好。当他累了的时候，加哈迈尔就会知趣地爬上床睡在他边上，把头枕在马特的臂弯里。

现在，马特经常与妈妈和奥莉通电话。他能听

出来她们在克制着不哭出声来。对马特来说她们的声音太不真实了，就像是梦中的声音。她们问了很多问题，千言万语都归结为一个问题："你怎么样？"

马特已经想好了，他在给妈妈的电话中对此非常坚定："我不想让奥莉看到我，妈妈，现在还不行。等我准备好，重新站起来再说。"妈妈说她理解，她会向奥莉解释，她去机场接他，然后带他去伦敦的医院，在那里他可以进行康复，安装他的新腿。

马特离开医院的时候，救护车带他绕了一小段路回到孤儿院，这样每个人都可以和他道别。整个地方都挂满了旗帜和彩旗，大家都在唱："因为他是一个快乐的棒小伙。"加哈迈尔走过来，把他那顶破旧的圆顶礼帽递给他："你一定要回来，喜剧人。"马特没法儿回答，也笑不出来，他唯一能做的就是挥挥手。他们关上救护车的门，把他送到了机场。

独自一人在飞机上时，马特终于哭了。为他失去的那条腿，为他要离开孤儿院，离开加哈迈尔和孩子们，离开让他如此快乐的地方和人们。

母亲在机场接他，这是她答应过的。当然她免不了泪洒机场，但马特还是让她露出了笑容。"这样买鞋和买袜子就省多了，妈妈。"他打趣道，"振作起来，只是一条腿。我还有另一条腿呢。"

到达伦敦的罗汉普顿医院以后，马特便进入一连

几周漫长的康复训练。他的床边摆满了卡片和鲜花，还有他这辈子都吃不完的葡萄、猕猴桃和桃子。每天都有人来看他。但对马特来说，每一天都像是一个月那么漫长。

尽管医生们似乎对他的进展很满意，但他却不以为然。康复是如此缓慢，迟滞不前。

马特用写信来打发时间，有些是写给孤儿院的，不过他每天都会写给奥莉，每封信的结尾他都会允诺，只要他能站起来走动，用新腿（他叫它佩格）走路，她就很快可以来看他。奥莉每封信必回，并经常和他打电话，在每一封信和每个电话里，奥莉都恳求让她见他一面。但是直到两个月后，才终于收到了她翘首以盼的那封信。

亲爱的奥莉：

佩格是个怪"人"，但我真的开始习惯它了，说起来好笑，我甚至有点喜欢它了。跟我的另一条腿相比，它有点瘦，"瘦"这个词可能不太恰当。然而它有一些优点，我承认优点不多，但洗澡时我可以少洗一条腿，而且我不用剪那么多的脚指甲了！这很不可思议——有时我真的能感觉到我之前的那条腿，我先前的腿，我以前的腿。老实说，有时候我甚至想挠挠它。我的断肢还是很疼，是真的疼，但是现在每天都在好转。

就像我跟你说的，在你见到我之前，我发誓要站起来走路，不借助拐杖，不用轮椅。现在我做到了。如果你乐意，可以过来看我。我们可以去帕特尼希思餐厅散步，它就在路的尽头。那里有一个热狗摊，香肠像黄瓜一样长，还有可爱多汁的洋葱。他们那儿有我吃过的最好吃的冰激凌。怎么样？昨天我又收到了一封加哈迈尔的信，上面有两只长颈鹿鼻子对鼻子的照片。它们看起来好像在接吻。我到时给你看看。一会儿见。

爱你的马特

几天以后，当她们来看他的时候，马特已经准备好等着见奥莉了。医院外面的台阶不好走，但是他一踏上草地，朝她走去时，几乎没有一瘸一拐，正如他向自己保证的那样。他可能身体略微向一边倾斜，还需要拐杖，但对马特来说，这是他一生中最成功的一次行走。当奥莉跟他撞个满怀时，他甚至还能保持站立姿势。

互相拥抱结束后，三个人在春日的阳光下坐在长凳上，尽情享受热狗。然后，他把佩格介绍给奥莉："这是我的'小妹妹'。你随时可以踢它。看看吧，奥莉。"奥莉提起他的裤腿看了看。"看到了吗？"马特继续说，"它比我的另一条腿好多了，没有那些可怕的毛发。"

不久之后，马特终于回家了。他不想引起任何波澜，他说，也不希望有盛大的欢迎仪式。所以大家都很安静。在回来的最初几天里，来访者大部分是亲戚，总是有人来来往往。马特用演小丑的方式应对这

一切——这是他唯一能应付的方法。当马特卷起裤腿
给干瘦贝瑟尔看的时候，她被吓坏了。他的口头禅是
"爱我及佩格"。还有他最冷的笑话："请见识一下新
的仿生人马特，这就是他的独腿传奇人生。"他看得
出奥莉并不喜欢他的黑色幽默。在某个大家都沉默下
来的瞬间，他试着向她解释："如果我不一笑置之的

话，奥莉，我会哭的。说真的，我这辈子已经哭过很多次了。"

马特以为最糟糕的时候已经过去了，但事实并非如此。在医院的时候，每个人都有这样或那样的肢体残缺，没有一个人例外。但是现在，每一天，他都不得不忍受别人投来的目光，无言的赞美，无休止的

同情，其中干瘦贝瑟尔是他最难忍的。他对奥莉说：

"如果我再听到她跟妈妈说我有多棒，我就用拐杖敲她。我说到做到。"

他非常想重新过上正常的生活，忘掉自己的腿，但是伤口没法儿很快愈合，因此无法让他如愿。他讨厌每天要做几个小时的锻炼来增强肌肉力量。他知道这些锻炼是必须的，但是他讨厌做这些运动的每分每秒。医生的探视、护士的检查，还有以门诊病人身份回医院检查的可怕之行，这些都不能帮助马特去忘记。他开始陷入悲伤，甚至不再给孤儿院写信了。一想到不得不放弃的生活，就觉得很痛苦。他感觉自己放弃了希望，失去了兴趣，向绝望投降了，他对此无能为力。

奥莉是他唯一真正想要在一起的人，因为她对他的态度一如既往。他每天早上送她去学校，借助一根拐杖，他差不多能应付来回的路程，她放学出来的时候，他通常已经在原地等着了。一天下午，在回家的路上，奥莉第一个注意到燕子在树梢上飞来飞去。

"看，马特，它们回来了！它们回来了！"她喊道，"也许英雄也回来了，我希望是这样，真希望如此。"

马特知道关于英雄的一切——奥莉一遍又一遍地跟他讲过这个故事，他也明白奥莉有多么期待它的回归。

马特说："我们会为它准备好车库的。"于是那辆汽车又一次被赶到街上。

但在随后的日子里，虽然有很多燕子飞来飞去，却没有燕子来车库。大家都一直在寻找英雄，寻找一只戴着鲜红脚环的燕子。晚上，马特忙着做一个有更宽台阶的梯子，这样英雄回来的时候，他就又可以躲进藏身处了。当一对燕子飞进车库，在一年前相同的地方重新开始筑巢时，马特和奥莉正好就在那里。但是两只燕子都没有戴鲜红色的脚环。马特尽力安抚奥莉，减少失望带来的痛苦。"也许它只是去了别的地方。"他说，他又跟她说起了他在卢旺达看到那些燕子围着孤儿院飞来飞去的样子，它们让他想起了家。"我回家了，不是吗？"他说，"英雄也是。等着瞧吧。"

燕巢一天一天地建起来了，这是一个不折不扣的筑巢奇迹，作为父母的公燕和母燕在泥筑的巢穴里飞进飞出，一刻不停地建巢。马特几乎整天都待在那里，每天都在观察、守卫、拍照。蛋孵出来了，等待喂食的燕嘴探出来，一共有四只。对马特来说，这是他出事后第一次完全沉浸在一件事情当中。当他爬到藏身处的时候，他完全忘记了自己的伤腿。随着时间的流逝，他变得越来越坚强。他感觉绝望的阴影消失了，他的内心越来越平静。

一天下午，他在学校见到了奥莉，这是他第一次没带手杖，他的眼睛因为兴奋而发光。"怎么样？"他说，然后伸出双臂，骄傲地跳起舞来。

奥莉假装不为所动。"你可以用两条腿走路了。"她开玩笑说，"这有什么了不起？"然后她紧紧地抱住了他。"聪明的佩格，"她说，"聪明的你。"

"我还有一件事要告诉你，比这个还要棒。"马特接着说道。"快点，回家我带你去看。"

到家后他立刻把她带到藏身处。"看，"他说，

"你看那只燕，那只公燕。等它落地的时候，你仔细看看。"过了好一会儿，两只燕子才从喂养幼鸟中抽身出来。终于，其中一只睡着了，马特低声说："你看到了吗？那只公燕，它无法使用右脚。你看，它就跟我一样。"

"所以呢？"奥莉说。

"嗯，它做到了，不是吗？"马特继续说，"不管它有几条腿，它还是一路飞到了这里。等到了秋天，它还会一路飞回去。这就是我要做的。我要回去，奥莉，回到非洲去。"

"暂时不要，拜托了。"奥莉说。

"暂时不会，奥莉。"他答道，"等燕子会飞时再说。"

感谢宾恩和尼克